925

D1715718

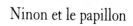

Ninon et le papillon

© 1989, l'école des loisirs, Paris
Loi numéro 49.956 du 16 juillet 1949 sur les publications
destinées à la jeunesse : avril 1989
Dépôt légal : avril 1989
Imprimé en France par Jean Mussot à Paris

Nadja

Ninon et le papillon

l'école des loisirs
11, rue de Sèvres, Paris 6ᵉ

Ninon a vu un très beau papillon sur une fleur.

Elle s'approche tout doucement pour l'attraper.

Hop! Ninon a pris le papillon dans son filet.
Elle va le ramener chez elle pour mieux
l'observer.

Ninon met le papillon dans un bocal. Elle fait un couvercle de papier, et perce des trous dedans avec une aiguille.

Comme ça, le papillon pourra respirer.

Ninon pose le bocal sur la table de nuit. Elle voit que le papillon a l'air triste.

– Pourquoi tu es triste ? demande-t-elle gentiment au papillon. C'est parce que tu es tout seul ?

Le papillon fait oui avec la tête.

Ninon le met dans son lit à côté d'elle.

Mais le papillon pleure.

– Tu n'es plus tout seul, maintenant, dit Ninon. Tu es avec Léon et moi.

– Je... ne... reverrai... plus jamais... ma chère fleur... que... j'aime tant, dit le papillon en pleurant.

– Pauvre petite fleur, qui a perdu son ami le papillon, dit Ninon.

Alors Ninon enlève le couvercle du bocal et
dit:
– Envole-toi, papillon.
Le papillon est content.
Il embrasse Ninon sur le bout du nez.

Ninon et Léon regardent le papillon s'envoler au loin.

– Il va retrouver sa chère fleur qu'il aime, dit Ninon à sa poupée.

Ninon retourne dans son lit avec Léon :

– Demain, lui dit-elle, on ira se promener, et on ira voir le papillon pour lui dire bonjour.